T0045510

Perros de trabajo

Lada Josefa Kratky

NATIONAL GEOGRAPHIC LEARNING | CENGAGE Learning®

Hay un animal que trabaja muy duro para ayudar a las personas. Ese animal es el perro. El perro nos ayuda de muchas maneras.

Hay perros de rescate. Usando el sentido del olfato, el perro de rescate halla a personas extraviadas.

En lugares donde hay nieve y hace frío, se usan trineos. Los perros son los que jalan los trineos.

Hay perros que trabajan con la policía, otros que ayudan en el agua, y aun otros que trabajan en hospitales.

Estos perros no nacen sabiendo todo. Tienen mucho que aprender.

A esta perra, la madre, le acaban de nacer unos cachorros. Cada cachorro es diferente. Uno puede ser un dormilón, otro un comilón y otro un travieso.

Para entrenar un cachorro para trabajar, se busca uno que será fiel, inteligente y obediente. ¡Tiene que ser un cachorro que se tome en serio su trabajo!

Durante su primer año, el cachorro tiene que aprender a conocer su mundo.

Al nacer, el cachorro no conoce a nadie. No sabe de nada. Tiene que acostumbrarse a los sonidos que lo rodean. Hay voces de diferentes personas en la casa. Hay puertas que se abren y dan golpes cuando se cierran. Hay teléfonos que suenan. Hay programas de radio y de televisión.

Afuera en la ciudad hay otros sonidos. Pasan carros, autobuses y trenes. Hay calles llenas de gente. Sopla una brisa. Llueve. Hay pajaritos y ardillas en los árboles. Todo eso es nuevo para el cachorro. A todo eso se tiene que acostumbrar.

El cachorro tiene que aprender a portarse bien en casa y en público.

Debe sentarse si le dicen:

—Siéntate.

Debe acostarse si le dicen:

—Échate.

Debe dejar de ladrar
si le dicen:
—**Quieto.**

Debe soltar lo que tiene en
la boca si le dicen:
—**Suelta.**

Debe ir junto a su
dueño si le dicen:
—**Ven aquí.**

Esta perrita ya aprendió todas sus lecciones. Ahora madruga y va a trabajar al hospital, en la sección de niños. Aquí hay niños enfermos que se pasan el día solos. Sufren. Están tristes y aburridos. De repente aparece Rita.

Rita se les sube a la cama y les da un gran beso. La niña se ríe y la acaricia. Cada día, esta niña espera a que llegue Rita, con su gran sonrisa y sus besitos. Rita hace que la niña se alegre, se ría y se mejore. Rita es puro corazón. Solo quiere complacer a la gente.

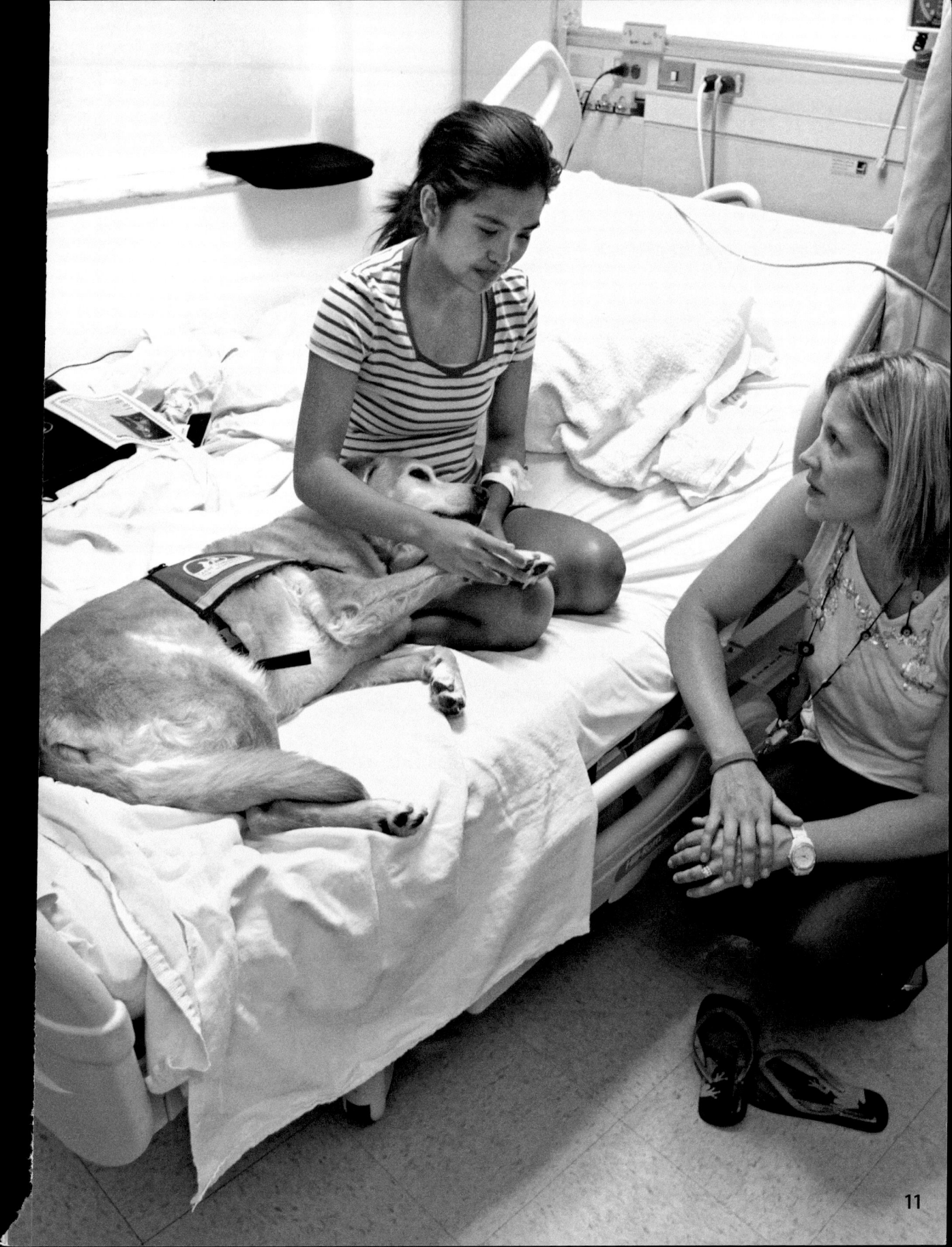

Glosario

acariciar *v.* tocar con cariño. *A mi gatito le gusta mucho que yo le* ***acaricie*** *la panza.*

cachorro *n.m.* perro recién nacido o muy joven. *¿Quieres uno de los* ***cachorros*** *que ha tenido mi perra?*

echarse *v.* acostarse un animal. *Mi gata* ***se echa*** *al sol y duerme todo el día.*

extraviado *adj.* perdido. *Después de varias semanas, hallaron a los exploradores* ***extraviados****.*

madrugar *v.* levantarse muy temprano. ***Madrugo*** *todos los días para llegar a tiempo a la escuela.*

olfato *n.m.* el sentido que nos permite oler. *Los perros tienen excelente* ***olfato****.*

rescate *n.m.* acción de salvar a alguien que está en peligro. *El* ***rescate*** *de las personas atrapadas por el incendio tomó varias horas.*

trineo *n.m.* vehículo que se usa para deslizarse sobre la nieve. *Se necesita más de un perro para tirar de un* ***trineo****.*